हिन्द पॉकेट बुक्स

दर्द-ए-दिल

वीरेन्द्रकुमार जैन 5 सितंबर, 1955 को मध्य प्रदेश के अशोकनगर जिले के सिरसौद गाँव में जन्मे थे। उनकी प्राथमिक शिक्षा गाँव के मदरशाला में हुई और फिर दिल्ली में। लेकिन कक्षा दस से लौकिक पढ़ाई का सिलसिला टूट गया। किशोरवय में ही जीवनयापन का जुआ अपने कंधों पर लेना पड़ा। पहली नौकरी प्रज्ञाचक्षु इन्द्रचंद्र शास्त्री जी के लिसनर (गणेश) के रूप में की। वे जो बोलते थे वह कागज पर लिखना होता था और वे जो बताते थे वह किताब पढ़कर सुनानी होती थी। वहीं से लिखने की ललक लगी। इससे पहले एक अध्यापक सजा के तौर पर बेहतर लेखन पढ़ने का सबक सिखा चुके थे। बाद में वे एक चर्चित लेखक बन गए।

दर्द-ए-दिल

वीरेन्द्रकुमार जैन

हिन्द पॉकेट बुक्स

यूएसए। कनाडा। यूके। आयरलैंड। ऑस्ट्रेलिया। सिंगापुर
न्यू ज़ीलैंड। भारत। दक्षिण अफ्रीका। चीन

हिन्द पॉकेट बुक्स, पेंगुइन रैंडम हाउस ग्रुप ऑफ़ कम्पनीज़ का हिस्सा है,
जिसका पता global.penguinrandomhouse.com पर मिलेगा

पेंगुइन रैंडम हाउस इंडिया प्रा. लि.,
चौथी मंजिल, कैपिटल टावर -1, एम जी रोड,
गुड़गांव 122 002, हरियाणा, भारत

प्रथम हिन्दी संस्करण हिन्द पॉकेट बुक्स द्वारा 1980 में प्रकाशित
यह हिन्दी संस्करण हिन्द पॉकेट बुक्स में पेंगुइन रैंडम हाउस द्वारा 2022 में प्रकाशित

10 9 8 7 6 5 4 3 2

ISBN 9789353493851

मुद्रकः रेप्रो इंडिया लिमिटेड

www.penguin.co.in

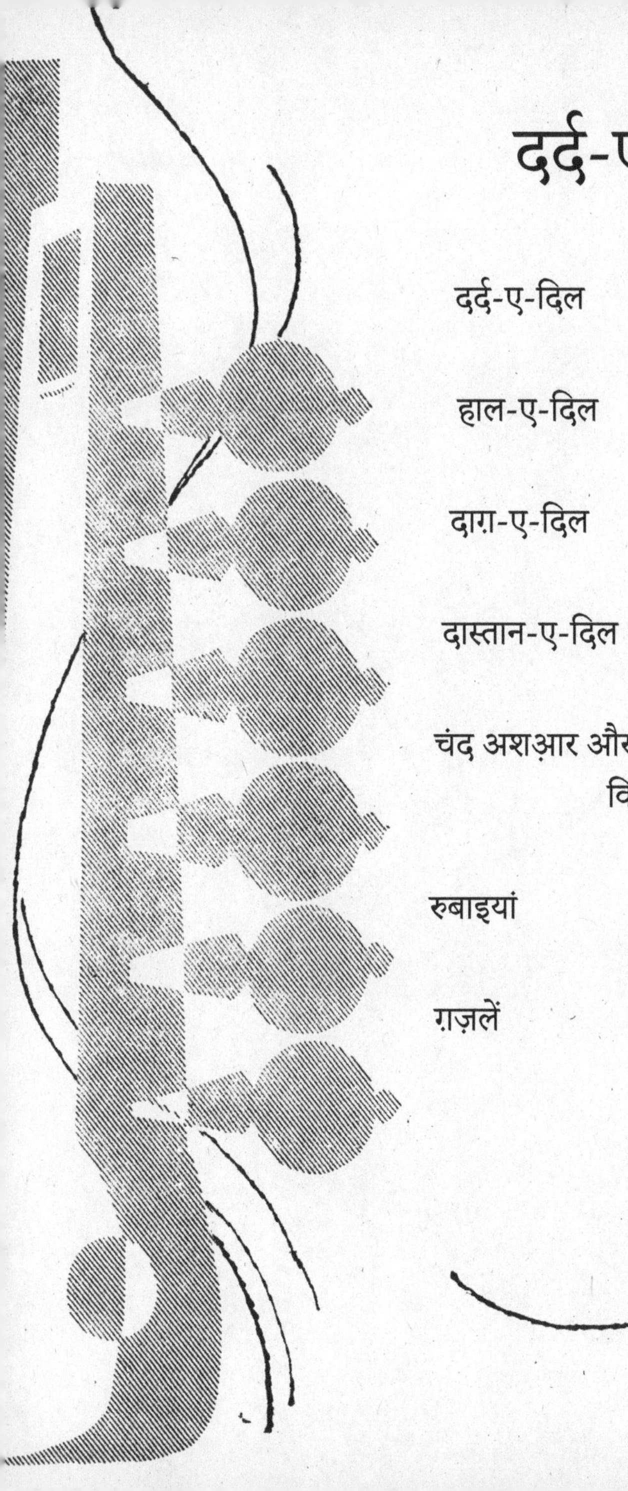

दर्द-ए-दिल

दर्द-ए-दिल 7

हाल-ए-दिल 31

दाग़-ए-दिल 53

दास्तान-ए-दिल 67

चंद अशआ़र और विविध 81

रुबाइयां 91

ग़ज़लें 97

दर्द-ए-दिल

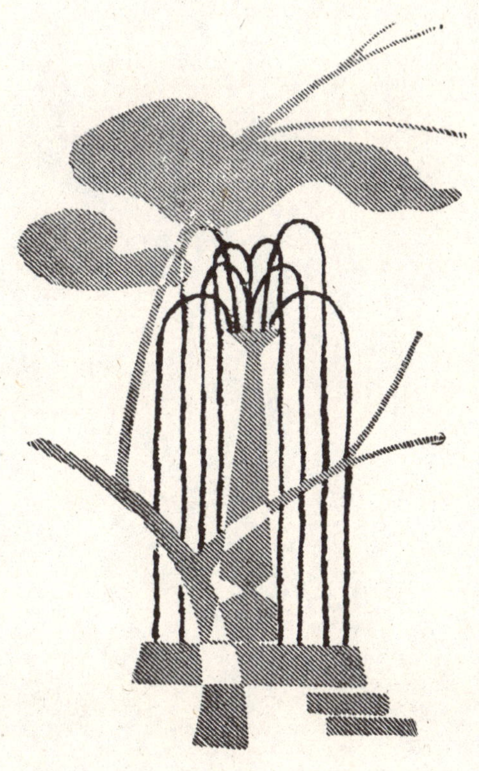

दिले-नादां तुझे हुआ क्या है?
आख़िर इस दर्द की दवा क्या है?

—ग़ालिब

दर्द-ए-दिल

क्या आ गया ख़याल दिले - बेक़रार में,
ख़ुद आशियां को आग लगा दी बहार में।

—'जिगर' मुरादाबादी

दिल अभी पूरी तरह टूटा नहीं,
दोस्तों की महरबानी चाहिए।

—अदम

तड़पती देखता हूं जब कोई शै,
उठा लेता हूं अपना दिल समझकर।

—तस्लीम

कम होगी जब चिराग़े-मुहब्बत की रोशनी,
दिल को जला के उजाला करेंगे हम।

—बेदिल

कभी हम थे, रौनक़ थी हमीं से उनकी महफ़िल में,
हमीं हैं अब कि कांटा-सा खटकते हैं हरेक दिल में।

—'अमीन' देहलवी

मज़ा जब है दिल से सुनिए दिल की बातों को,
फ़साना बेदिली से सुन रहे हैं आप क्यों दिल का।

—बिस्मिल इलाहाबादी

मुहब्बत में इक ऐसा वक़्त भी दिल पर गुज़रता है,
कि आंसू ख़ुश्क हो जाते हैं तुग़ियानी[1] नहीं जाती।

—'जिगर' मुरादाबादी

था जी में उससे मिलिये तो क्या-क्या न कहिये मीर,
पर कुछ कहा गया न ग़मे-दिल हया से आज।

—मीर

फिर वही दर्द है, दिल में वही तन्हाई है,
ज़िन्दगी मौत के पहलू में सिमट आई है।

—सैलानी सियोते

---

1. बाढ़

आरज़ू तेरी बरक़रार रहे,
दिल का क्या है रहा रहा न रहा।

—हसरत मोहानी

शोला-ए-दर्द जो पहलू में लपक उट्ठेगा,
दिल की दीवार पे हर नक़्श[1] दमक उट्ठेगा।

—'फ़ैज़'

दिल न बहलता हो मेरे दर्दो-ग़म से अगर,
अश्कों की क़सम अब फिर नहीं गाऊंगा।

—'रिन्द' जण्डियालवी

इसी दिल की क़िस्मत में तनहाइयां थीं,
कभी जिसने अपना-पराया न जाना।

—फ़िराक़ गोरखपुरी

फिर ये कैसी कसक-सी है दिल में,
तुझको मुद्दत हुई कि भूल चुका।

—फ़िराक़ गोरखपुरी

---

1. चित्र

निकल जाएं केशे-मुहब्बत[1] से 'हसरत',
जो चाहें कहीं दर्दे-दिल की दवा हम।

—हसरत मोहानी

आह जो दिल से निकाली जायेगी,
क्या समझते हो कि ख़ाली जायेगी!

—अकबर इलाहाबादी

और तो दिल में 'अदम' कुछ पाया नहीं जाता,
एक रोती हुई तस्वीर नज़र आती है।

—अदम

दर्दे-दिल से लोटता हूं मेरा किसको दर्द है,
मैं हूं लफ़्ज़े-दर्द जिस पहलू से देखो दर्द है।

—ज़ौक़

तबीबों[2] से मैं क्या पूछूं इलाजे - दर्दे - दिल,
मरज़ जब ज़िन्दगी ख़ुद हो तो फिर उसकी दवा क्या है।

—अकबर इलाहाबादी

1. प्रेम-पंथ 2. चिकित्सकों

दिल नाउमीद तो नहीं नाकाम[1] ही तो है,
लम्बी है ग़म की शाम मगर शाम ही तो है।

—फ़ैज़

जिनको आंसू समझ रहे हो 'शकील',
दिल के टूटे हुए सहारे हैं।

—शकील बदायूनी

फ़िज़ा[2] को जैसे कोई राग चीरता जाये,
तेरी निगाह दिल में यूं ही उतर आई।

—फ़िराक़ गोरखपुरी

तुमको लाख समझाया कि दिल तोड़ा नहीं करते,
बड़ी मुश्किल से दिल दिल से जुड़ता है।

—'रिन्द' जण्डियालवी

संभलने दे ज़रा बेताबी-ए-दिल[3],
नज़र आते हैं कुछ आसारे-मंज़िल।

—ज़ज़्बी

1. असफल 2. वातावरण 3. हृदय की अधीरता

दिल की क़िस्मत ही बुरी थी, वरना कुए-दोस्त[1] में
था कोई ज़र्रा जो दिल के दर्द का मरहम[2] न था ?

—फ़ानी बदायूनी

बीमारे-ग़म हैं दूर से आये हैं सुनके नाम,
कहते हैं दर्दे-दिल की दवा है तुम्हारे पास।

—हसरत मोहानी

दर्द तेरा वही है दिल में, मगर,
कुछ तुझे भूलता-सा जाता हूं।

—फ़िराक़ गोरखपुरी

दबा-दबा-सा, रुक-रुका-सा,
दिल में शायद दर्द तेरा है।

—फ़िराक़ गोरखपुरी

हो न हो दिल को तेरे हुस्न से कुछ निस्बत[3] है,
जब दर्द उठा तो क्यों मैंने तुझे याद किया।

—ज़ज़्बी

1. प्रिय की गली 2. भेद का जानकार 3. सम्बन्ध

शुरू तो कर देता हूं अफ़साना-ए-दर्दे-दिल,
मुझको नींद आ जाए तो ज़रा जगा देना।

—'रिन्द' जण्डियालवी

मैं ये कहता हूं कि अफ़लाक[1] से आगे हूं बहुत,
इश्क़ कहता है अभी दर्दे-दिल उट्ठा भी कहां।

—फ़िराक़ गोरखपुरी

हम रो-रोके दर्दे - दिल - दीवाना कहेंगे,
जी में है कभू हाले - ग़रीबाना कहेंगे।

—मीर

वो दिले-आराम नहीं तो कोई लम्हे को फ़िराक़,
ग़म के आग़ोश[2] में सो जाओ कि कुछ रात कटे।

—फ़िराक़ गोरखपुरी

वो लिये जाते हैं दिल को अपने साथ,
देखता जाता है मेरा दिल मुझे।

—'नूह' नारबी

---

1. आस्मानों 2. गोद

ये दुआएं मांगता था आज इक ईज़ा-तलब[1]
दर्द भी दिल में रहे, बेदर्द भी दिल में रहे।

—बिस्मिल इलाहाबादी

है शोख़ी-सी नज़र में, लब पे हलका-सा तबस्सुम[2] है,
कहानी सुन रहे हैं वो किसी दुखते हुए दिल की।

—फ़िराक़ गोरखपुरी

पूछा 'असर' से मैंने जो दिल का मुआमला,
एक आहे - सर्द खींचके खामोश हो गया।

—'असर' लखनवी

वो सोख़्ता - जिगर[3] हूं कि पैमाना-ओ-सुबू[4],
बनते नहीं हैं ख़ाक से मेरी, मगर चिराग़।

—मोमिन

हमको तो दर्दे-दिल है, तुम क्यों ज़र्द हो इतने
क्या 'मीर' जी तुम्हें कुछ बीमारी हो गई है।

—मीर

---

1. वेदना का प्रार्थी 2. मुस्कान 3. जला हुआ दिल 4. मधुकलश और चषक

देख ले इस चमन-ए-दह्र[1] को जी भरके 'नज़ीर',
फिर काहे को तेरा इस बाग़ में आना होगा।

—नज़ीर

दिल मेरा तोड़कर कहा उसने ज़बाने-राज़[2] में
साज़[3] में नरमे कहां वो हैं जो शिकस्ते-साज़[4] में।

—'जिगर' मुरादाबादी

दाग़े-दिल[5] से भी कभी रोशनी न मिली,
ये दिया भी जलाके देख लिया।

—'अर्श' मल्सियानी

दुनिया की बलाओं को जब जमा किया मैंने,
धुंधली-सी मुझे दिल की तस्वीर नज़र आई।

—फ़ानी

कभी सुन अरे ओ साज़े-इशरत[6] छेड़ने वाले,
अजब आवाज़ आती है मेरे टूटे हुए दिल से।

—जोश मलीहाबादी

---

1. संसार-रूपी वाटिका 2. रहस्य की भाषा 3. वाद्य 4. टूटे हुए वाद्य 5. हृदय के दारा 6. आनन्द-वीणा

चैन नहीं मिलता ज़रा दिल को,
तुमसे मिलकर ये क्या हुआ दिल को।

—निज़ाम

हमसे पूछो वो कहां है और किस मस्कन[1] में है,
दर्द की बेताबियों में क़ल्ब[2] की धड़कन में है।

—'जिगर' मुरादाबादी

उल्टी हो गईं सब तदबीरें कुछ न दवा ने काम किया,
देखा इस बीमारी-ए-दिल ने आख़िर काम तमाम किया।

—मीर

बहुत है जम[3] को अपने जाम पर नाज़,
ज़रा लाना मेरा टूटा हुआ दिल।

—रियाज

ख़ाक हूंगा, ख़ाक होकर, ख़ाक में मिल जाऊंगा,
क्यों गिराते हैं नज़र से आप क्यों दिल से मुझे।

—'बिस्मिल' इलाहाबादी

1. घर 2. हृदय 3. ईरान का एक राजा जिसे अपने मधुपात्र में संसार दिखाई पड़ता था।

आज मैख़ाने में, कल काबे में, परसों दैर[1] में,
हर कहीं 'अहकर' लिए फिरता है मेरा दिल मुझे।

—अहकर आज़मगढ़ी

लाख बयाने-दर्दे-दिल, इक वह तबस्सुमे-हज़ी[2],
लाख फ़साने हाय शौक[3] इक वह निगाहे-मुख़्तसर[4]।

—'जिगर' मुरादाबादी

दिल में फिर गिरियां[5] ने इक शोर उठाया 'ग़ालिब',
आह जो क़तरा न निकला था सो तूफ़ां निकला।

—ग़ालिब

फ़रियादे-ग़म[6] से 'अर्श' संभलता है दिल मगर,
लेते हैं अहले-दिल[7] ये सहारा कभी-कभी ।

—अर्श मल्सियानी

एक दिल है और तूफ़ाने-हवादिस[8] ऐ 'जिगर',
एक शीशा है कि हर पत्थर से टकराता हूं मैं।

—'जिगर' मुरादाबादी

---

1. मंदिर 2. वेदना-भरी मुस्कान 3. उत्कण्ठा की लाख कहानियां 4. संक्षिप्त दृष्टि 5. रुदन 6. दुःख के निवेदन 7. दिलवाले 8. मुसीबतों का तूफ़ान

इक दिल का दर्द था कि रहा ज़िन्दगी के साथ,
इक दिल का चैन था कि सदा ढूंढ़ते रहे।

—अज्ञात

दिल की धड़कन में तवाज़न[1] आ चला है, खैर हो,
मेरी नज़रें बुझ गईं, या तेरी रअनाई[2] गई।

—'साहिर' लुधियानवी

टूटा है ज़रूर कोई कांटा दिल में,
जब देखिए कुछ न कुछ खटक रहती है।

—'अमजद' हैदराबादी

वैसा बेजा नहीं दिल 'मीर' का जो रह न सके,
चलता-फिरता कभू उस पार भी जा निकले है।

—मीर

तंगिए-दिल का गिला क्या यह वो काफ़िर दिल है,
कि अगर तंग न होता तो परीशां होता।

—ग़ालिब

1. संतुलन 2. सौन्दर्य

मैं रो - रो जो कहने लगा दर्दे-दिल,
वो मुंह फेरकर मुस्कराने लगा।

—जुरअत

अपने दिल से कहता हूं कि अब तो दर्द कुछ कम है,
मेरा दिल मुझसे कहता है कि अक्सर यूं भी होता है।

—'आसी' आल्दनी

इलाजे - दर्दे - दिल तुमसे मसीहा हो नहीं सकता,
तुम अच्छा कर नहीं सकते, मैं अच्छा हो नहीं सकता।

—मुज़्तर

और हंस लो दो घड़ी,
फिर मैं दर्दे-दिल सुनाऊंगा।

—'रिन्द' जण्डियालवी

हज़ारों दिल दिए जोशे - जुनूने - इश्क़[1] ने मुझको,
सियह होकर सुवैदा[2] हो गया हर क़तरा-खूं तन में।

—ग़ालिब

---

1. प्रेम के उन्माद का आवेश 2. दिल के दाग़

बहुत दिनों बाद तुम्हें याद आयेगा, पहरों रुला जायेगा,
ख़ल्क़[1] में परीशां - सा भटकता मेरा दर्दे - दिल।

—'रिन्द' जण्डियालवी

हमने अपने आशियाने के लिए,
जो चुभें दिल में, वहीं कांटे लिए।

—वहीदुद्दीन 'वहीद'

पसंद आ ये तो ले लो दिल हमारा,
मगर दिल फिर भी किस क़ाबिल हमारा।

— आसी रामनगरी

दिल के दुखड़ों को बग़ल बीच लिये फिरता हूं,
कुछ इलाज इसका भी, ऐ शीशागरां[2] है कि नहीं।

—सौदा

दुनिया ये दुखी है फिर भी मगर थककर ही सही सो जाती है,
तेरे ही मुक़द्दर में ऐ दिल क्यों चैन नहीं आराम नहीं।

—'जिगर' मुरादाबादी

1. सृष्टि 2. शीशा बनानेवाला

दिल ही तो है न संगो-ख़िश्त[1] दर्द से भर न आये क्यों,
रोयेंगे हम हज़ार बार कोई हमें रुलाए क्यों ।

—ग़ालिब

दिल सरापा[2] दर्द था, वो इब्तिदाए - इश्क़[3] थी,
इन्तिहा ये है कि 'फ़ानी' दर्द अब दिल हो गया।

—फ़ानी

ऐ मेरे दर्दे-मंद दिल सुन, मेरी एक बात सुन,
उसको न भूलना कभी जिसने तुझे भुला दिया।

—'आसी' आलदनी

तू भोला-भाला है, ऐ दिल, बेतहर सताया जायेगा,
इन शोख हसीनों से मिलकर वल्लाह बहुत पछतायेगा।

—'बेदम' शाहवारसी

मेरी क़िस्मत में ग़म गर इतना था,
दिल भी या रब कई दिये होते।

—ग़ालिब

---

1. ईंट और पत्थर 2. सिर से पैर तक 3. प्रेम का आरम्भ

ये तेरा तसव्वुर[1] है या मेरी तमन्नाएं,
दिल में कोई रह-रह के दीपक से जलाये है।

—'साग़र' निज़ामी

हिल गई मेरे दिल की दुनिया,
दर्द फिर लेके तेरा नाम उठा।

—फ़ानी बदायूनी

'नज़ीर' यार से दर्दे-दिल क्यों नहीं कहता,
सुना नहीं है तूने सांच को आंच क्या !

—नज़ीर अकबराबादी

दिल की इक हल्की-सी जुम्बिश[2] चाहिए,
किसका पर्दा और फिर कैसा नक़ाब !

—जज़्बी

दर्दे-दिल की उन्हें ख़बर क्या हो,
जानता कौन है परायी चोट ।

—फ़ानी बदायूनी

---

1. कल्पना 2. कम्प

जान के जी में सदा जीने का अरमां ही रहा,
दिल को भी देखा किये यह भी परेशां ही रहा।

—ज़ौक़

तूफ़ां उठा रहा है मेरे दिल में सैले-अश्क[1],
वह दिन ख़ुदा न लाए कि मैं आबदीदा हूं[2]।

—नज़ीर अकबराबादी

तुम्हारे पास दिल नहीं, ज़ेहन[3] है वाइज़,
वगर्ना ज़िन्दगी यों कभी नाशाद न होती।

—'रिन्द' जण्डियालवी

और कुछ देर न गुज़रे शबे-फ़ुर्क़त[4] से कहो,
दिल भी कम दुखता है वो याद भी कम आते हैं।

—'फ़ैज़'

दिले - बेताब की इक - इक तड़प महशर बदामां[5] है,
ज़रा मुंह फेर लेना रक़्से - बिस्मिल[6] देखने वाले ।

—जज़्बी

---

1. अश्रुओं की बाढ़ 2. मुझे रोना पड़े 3. मस्तिष्क 4. वियोग की रात 5. प्रलय मचा देनेवाली 6. घायल का नृत्य

दुनिया की महफ़िलों से उकता गया हूं या रब,
क्या लुत्फ़ अंजुमन[1] का जब दिल ही बुझ गया हो।

—इक़बाल

तेरे दस्ते - सितम[2] का अज्ज[3] नहीं,
दिल ही काफ़िर था जिसने आह न की।

—'फ़ैज़'

दर्द देकर दिले-'फ़ानी' को मिटा देना था,
इस हक़ीक़त को भी अफ़साना बनाया होता!

—फ़ानी बदायूनी

दिल की हर करवट में इक दुनिया बनी और मिट गई,
हाय इन दो ख़ून की बूंदों में कितना जोश था !

—फ़ानी बदायूनी

ज़ब्ते - ग़म[4] बेसबब[5] नहीं जज़्बी,
ख़लिशे - दिल[6] बढ़ा रहा हूं मैं।

—जज़्बी

---

1. महफ़िल 2. अत्याचारी हाथ 3. अभाव 4. दुःख - निग्रह 5. अकारण 6. हृदय-वेदना

तेरी याद से दिल फ़रोज़ां[1] करेंगे,
फिर इस ग़मक़दे[2] में चिराग़ां[3] करेंगे।

—शकील बदायूनी

दर्दे - दिल होता रहे, एहसासे - ग़म होता रहे,
ज़ीस्त का सामां[4] ग़रज़ यूं ही बहम[5] होता रहे।

—जज़्बी

न आख़िर कह सका उससे मेरा हाले-दिले-सोज़ां[6]
महे ताबां[7] कि जो उसका शरीके-अंजुमन[8] तक था।

—मजरूह सुलतानपुरी

आ कि वाबिस्ता[9] हैं उस हुस्न की यादें तुझसे,
जिसने इस दिल को परीख़ाना बना रखा है।

—'फ़ैज़'

अहले - दुनिया[10] मुझे समझ लेंगे,
दिल, किसी दिन ज़रा लहू तो करें।

—फ़ानी बदायूनी

---

1. प्रकाशमान 2. ग़म के घर (दिल) 3. दीपमाला 4. जीवन की सामग्री 5. एकत्र 6. दर्द भरे दिल का हाल 7. चमकीला चांद 8. महफ़िल का साथी 9. सम्बन्धित, संलग्न 10. दुनियावाले

मजा जीने का आख़िर दिल लगाने पर ही मिलता है,
फ़िदा[1] साहब देख लेना था किसी पर फ़िदा होकर।

—हरिचन्द 'अख़्तर'

तेज़ है आज दर्दे-दिल साक़ी,
तल्ख़ी-ए-मै[2] को तेज़तर[3] कर दे।

—फ़ैज़

अता[4] किया है जो दिले-दर्दे-आशना[5] हमको,
करम[6] के पर्दे में ज़ालिम न आज़मा हमको।

—जज़्बी

इश्क़ में आयेंगी वो भी साअतें[7],
काम निकलेगा दिल नाकाम से।

—शकील बदायूनी

आग़ाजे-जफ़ा[8] की तल्ख़ी से घबरा न दिले-आज़ारतलब[9]
ये वक़्त यहीं पर ख़त्म नहीं कुछ तल्ख़ ज़माने और भी हैं।

—शकील बदायूनी

---

1. उर्दू के एक कवि 2. मदिरा का कड़वापन 3. और अधिक तेज़ 4. प्रदान 5. दुःख अनुभव करनेवाला 6. कृपा 7, क्षण 8. प्रेम का प्रारम्भ 9. अत्याचार के इच्छुक मन

दिल को ख़ुद छेड़े जो वह तिरछी नज़र तो क्या करूं,
चैन से रहने न दे दर्दे - जिगर तो क्या करूं।

—अकबर इलाहाबादी

सुबह तक 'फ़ानी' हर आवाज़े-शिकस्ते-दिल[1] के साथ,
क्या क़यामत था तेरा जानिबे - दर[2] देखना।

—फ़ानी बदायूनी

शबे-'फ़िराक़'[3] उठे दिल में और भी कुछ दर्द,
कहूं मैं कैसे तेरी याद रात भर आई।

—'फ़िराक़' गोरखपुरी

सुकूं[4] नहीं न सही, दर्दे-इन्तिज़ार तो है,
हज़ार शुक्र कोई दिल का ग़मगुसार[5] तो है।

—जज़्बी

बड़ा है दर्द का रिश्ता ये दिल ग़रीब सही,
तुम्हारे नाम पे आयेंगे ग़मगुसार चले।

—'फ़ैज़'

---

1. दिल टूटने की आवाज़ 2. द्वार की ओर 3. वियोग की रात 4. शान्ति, चैन 5. हमदर्दी दिखानेवाला

कुछ इस अन्दाज़ से तड़पा मेरा दिल,
लरज़ के रह गई शमशीरे-क़ातिल[1]।

—जज़्बी

रंजे-शब-ग़म में भी मिले वस्ल[2] की राहत,
गर दिल में तेरे दर्दे-मुहब्बत का मज़ा हो ।

—हसरत मोहानी

दिल और दिल में याद किसी ख़ुशख़िराम[3] की,
सीने में हश्र लेके चले हैं जहां से हम ।

—फ़ानी बदायूनी

क्या किया तुमने कि दर्दे-दिल का दर्मां[4] कर दिया,
मेरी ख़ुद्दारी का शीराज़ा परीशां कर दिया।

—जज़्बी

1. क़ातिल की तलवार 2. मिलन 3. सुन्दर चाल वाला 4. इलाज़

हाल-ए-दिल

हाले-दिल नहीं मालूम लेकिन इस क़दर यानी,
हमने बारहा ढंढा, तुमने बारहा पाया।

—ग़ालिब

'दाग़' का इश्क़ भी दुनिया से निराला देखा,
दिल जब आता है तो आता दिल-आज़ारों[1] पर।

—दाग़

गुज़रती है जो दिले-आशिक़ पर न पूछ 'जिगर'
ये ख़ास राज़े-मुहब्बत है, इसे राज़ रहने दे।

—'जिगर' मुरादाबादी

दिल मुझसे लिया है तो ज़रा बोलिये-हंसिये,
चुटकी में मसलने के लिए दिल नहीं होता।

—'अमीर' लखनवी

बताओ क्या तुम्हारे दिल पै गुज़रे,
अगर कोई तुम्हीं-सा बेवफ़ा हो।

—जिगर

दिल मेरा लेके दिखा दी मुट्ठी ख़ाली,
फिर कहा देख लिया हाथ से जाना दिल का।

—'अमीर' लखनवी

1. दिल दुखानेवालों

यूं तो दिल को कभी क़रार[1] न था,
अब बहुत बेक़रार रहता है।

—'मुज़्तर' खैराबादी

और क्या देखने को बाक़ी है,
आपसे दिल लगाके देख लिया।

—फ़ैज़ अहमद 'फ़ैज़'

दिल भी तेरा ही ढंग सीखा है,
आन में कुछ है, आन में कुछ है।

—मीर दर्द

अब ये जाना कि इसे कहते हैं आना दिल का,
हम हंसी-खेल समझे थे लगाना दिल का।

—अमीर

दुनिया में फिर वो काम के क़ाबिल नहीं रहा,
जिस दिल को तुमने देख लिया, दिल नहीं रहा।

—जामिन

---

1. चैन

है एक तीर जिसमें दोनों छिदे पड़े हैं,
बो दिन गए कि अपना दिल जिगर से जुदा था।

—ग़ालिब

मुस्कराये वो हाले-दिल सुनकर,
और गोया जवाब था ही नहीं।

—फ़ानी

एक झलक उनकी देख ली थी कभी,
वो असर दिल से आज तक न गया।

—अकबर इलाहाबादी

बहुत शोर सुनते थे पहलू में दिल का,
जो चीरा तो इक क़तरये-खूं न निकला।

—आतिश

हमारे आगे तेरा जब किसी ने नाम लिया,
दिले-सितमज़दा[1] को हमने थाम-थाम लिया।

—मीर

1. घायल दिल

मैंने कहा कि 'दिल से तुझे चाहता हूं मैं,'
उसने कहा 'मुझको तेरे दिल की क्या ख़बर।'

—फ़हीम गोरखपुरी

तुमसे ख़ुदा ही समझे, तूने किसी को ऐ दिल,
मुझसे भी कुछ ज़्यादा दीवाना कर दिया है।

—'जिगर' मुरादाबादी

तुम तो दिल मांगो हो, यां जान तलक हाज़िर है,
बात ये भी है कोई आपके फ़रमाने की !

—अहसन

सच-सच कहूं तो बात सिर्फ़ इतनी है,
दिल ही मुझे फिर यहां उठा लाया।

—'रिन्द' जण्डियालवी

दिल में किसी के राह किये जा रहा हूं मैं,
कितना हसीं गुनाह किए जा रहा हूं मैं।

—'जिगर' मुरादाबादी

हमने पाला मुद्दतों पहलू में, हम कुछ भी नहीं,
तुमने देखा इक नज़र और दिल तुम्हारा हो गया।

—'आसी' रामनगरी

दिल के आइने में है तस्वीर यार की,
जब ज़रा गर्दन झुकाई देख ली।

—अज्ञात

हाले-दिल नहीं मालूम लेकिन इस क़दर यानी,
हमने बारहा ढूंढ़ा, तुमने बारहा पाया।

—ग़ालिब

जब्र है, क़हर है, क़यामत है,
दिल जो बेइख़्तियार होता है।

—मीर

बुरा न मानो तो इक बात कह दूं।
तुम्हें किसी से भी दिल लगाना नहीं आता।

—'रिन्द' जण्डियालवी

आगे आती थी हाले - दिल पे हंसी,
अब किसी बात पर नहीं आती।

—ग़ालिब

वो यूं दिल से गुज़रते हैं कि आहट तक नहीं होती,
वो यूं आवाज़ देते हैं कि पहचानी नहीं जाती।

—'जिगर' मुरादाबादी

आपको क्या ख़बर कि आजकल,
दिल हमसे भी जुदा-जुदा रहने लगा है।

—'रिन्द' जण्डियालवी

कली फूल की मलके चुटकी से उसने,
कहा 'क्यों, आपका दिल यही है ?'

'अमीर' लखनवी

इरादे थे कि उनसे हाले-दिल सब मिलके कह देंगे,
मगर मिलने पै हमसे आज होता है न कल कहना।

—हसरत मोहानी

दिल गिर के नज़र से उठने का नहीं फिर,
यह गिरने से पहले ही संभल जाये तो अच्छा।

—ज़ौक़

बाद आधी रात के मैंने यह ख़्वाब देखा,
कि छीने लिये जाता है कोई मुझसे मेरा दिल।

—'रिन्द' जण्डियालवी

आह दुनिया दिल समझती है जिसे वो दिल नहीं,
पहलू - ए - इन्सां में इक हंगामा -ए- ख़ामोश है।

—इक़बाल

वो दिल तेरे लिए बेक़रार अब भी है,
वो आंख जिसको तेरा इन्तज़ार अब भी है।

—'फ़ैज़'

हाले-दिल से तुम्हें आगाह[1] किये देते हैं,
अब कभी 'हमको ख़बर क्या थी' न कहना देखो।

—हसरत मोहानी

---

1. सचित

मुख़्तसर ये है हमारी दास्ताने-ज़िन्दगी,
इक सुकूने-दिल[1] की ख़ातिर उम्र-भर तड़पा किये।

—जज़्बी

दिल की हालत नहीं बदलने की,
अब ये दुनिया नहीं संभलने की।

—नज़र

मैं अहवाले-दिल[2] मर गया कहते-कहते,
थके तुम न 'बस, बस, सुन' कहते-कहते।

—मोमिन

मेरी-उनकी निभी, निभी, न निभी,
दिल ही तो हैं मिला, मिला, न मिला।

—हमीद

शीशए-दिल को यूं न उठाओ,
देखो हाथ से छूट जाता है।

—अज़ीज़

---

1. हृदय की शांति 2. दिल का हाल

शाम से ही कुछ बुझा-सा रहता है,
दिल हुआ है चिराग़ मुफ़लिस[1] का।

—मीर

सहल हैं मिलना निगाहों का मगर,
दिल से दिल मिलना बहुत दुश्वार है।

—अमीर

आग़ाज़े - मुहब्बत[2] को अंजाम[3] बस इतना है,
जब दिल में तमन्ना थी, अब दिल ही तमन्ना है।

—जिगर

समझता हूं सब कुछ मगर, दोस्तो,
ये दिल जिधर आ गया, आ गया।

—दाग़

दिल उस बुत पे शैदा हुआ चाहता है,
ख़ुदा जाने अब क्या हुआ चाहता है।

—अज्ञात

---

1. ग़रीब 2. प्रेमारम्भ 3. परिणाम

दिल ख़ुश हुआ मस्जिदे-वीरान देखकर,
मेरी तरह ख़ुदा का भी ख़ाना ख़राब है।

—अदम

क्यों लोग हवा बांधते हैं हिम्मते-दिल[1] की,
हमने तो इसे गिर के संभलते नहीं देखा।

—'अर्श' मल्सियानी

आलम में दिल का कोई तलबगार[2] न पाया,
इस जिंस का यां हमने ख़रीदार न पाया।

—मीर

अच्छी सूरत पे ग़ज़ब टूट के आना दिल का,
याद आता है हमें हाय ज़माना दिल का।

—'दाग़' देहलवी

मले डाले है दिल कोई इश्क़ में,
ये क्या रोग या रब लगाया हमें !

—मीर

1. हृदय का साहस 2. चाहनेवाला

जान ले ले शौक़ से तुझको दिये देता हूं मैं,
दिल को दे दूं किस तरह, प्यारा है मेरा दिल मुझे।

—'बिरिया' इलाहाबादी

फिरते हो 'मीर' साहब सबसे जुदे-जुदे तुम,
शायद कहीं तुम्हारा दिल इन दिनों लगा है।

—मीर

दिल है क़दमों पर किसी के सर झुका हो या न हो,
बंदगी तो अपनी फ़ितरत[1] है, ख़ुदा हो या न हो।

—जिगर

मिलना किस काम का अगर दिल न मिले,
क्या लुत्फ़ सफ़र से जो मंज़िल न मिले।

—जगतमोहनलाल 'खां'

दिल उसको पहले ही नाज़ो-अदा से दे बैठे,
हमें दिमाग़ कहां हुस्न के तकाज़ों का।

—ग़ालिब

---

1. स्वभाव, सहज प्रवृत्ति

है तहे-दिल[1] बुतां के क्या मालूम,
निकले पर्दे से क्या ख़ुदा मालूम'।

—मीर

मुफ़्त सौदा है अरे यार कहां जाता है,
ओ मेरे दिल के ख़रीदार कहां जाता है।

—फ़ुगां

दिल की हालत नहीं बदलने की,
अब ये दुनिया नहीं संभलने की।

—मुंशी नौबतराय नज़र

लेके कहीं रख दिया होता, कहीं खो दिया होता,
नाहक़ मिट्टी में मिला दिया मेरे टूटे हुए दिल को।

—'रिन्द' जण्डियालवी

कहते हो, न देंगे हम, दिल अगर पड़ा पाया,
दिल कहां कि गुम कीजे ? हमने मुद्दआ पाया।

—ग़ालिब

---

1. मन के अन्दर

बाक़ी है लहू दिल में तो हर अश्क से पैदा,
रंगे - लबो-रुख़सारे- सनम[1] करते रहेंगे।

—'फ़ैज़'

अदायें उनकी दिल से खेलती हैं
वो क्या जाने वफ़ा क्या है, जफ़ा[2] क्या है।

—फ़िराक़ गोरखपुरी

दिल नहीं मानता जहां जाऊं,
हाय मैं क्या करूं, कहां जाऊं।

—नासिख

दिल लेके यूं मुकर जायेंगे आप,
काश ! ख़ुदा जबीं[3] पर नीयत अयां[4] करता।

—'रिन्द' जण्डियालवी

हाय काफ़िर दिल की यह काफ़िर जुनुं-अंगेज़ियां[5],
तुमको प्यार आये न आये, मुझको प्यार आ ही गया।

—'जिगर' मुरादाबादी

---

1. प्रिया के अधरों और कपोलों की आभा 2. अत्याचार 3. माथा 4. प्रकट 5. पागलपन

दिल दिया जानके क्यों उसको वफ़ादार 'असद'
ग़लती की जो काफ़िर को मुसलमां समझा।

—ग़ालिब

कभी कमसिन हैं ज़िदें भी निराली उनकी,
इस पे मचले हैं कि हम दर्दे-जिगर देखेंगे।

—फ़साहत

गुंचा[1] फिर लगा खिलने, आज हमने अपना दिल,
ख़ूं किया हुआ देखा, गुम किया हुआ पाया।

—ग़ालिब

जिस दिल में ग़ुबार हो वो दिल कहां,
फिर ख़ुल्क़[2] कहां, वफ़ा कहां, अल्ताफ़[3] कहां।

—'शाद' अज़ीमाबादी

मुहब्बत हो किसी की या अदावत[4]
मज़ा दे जायेगी जो दिल से होगी।

—नसीम देहलवी

---

1. कली 2. विनम्रता 3. विनयशीलता 4. शत्रुता

उठ गया आख़िर मुहब्बत का भी पर्दा उठ गया,
अब न मेरे दिल में हसरत है न उनके दिल में है।

—'जिगर' मुरादाबादी

आईना देख अपना-सा मुंह लेके रह गये,
साहब को दिल न देने पे इतना ग़ुरूर था।

—ग़ालिब

नहीं वसवास[1] जी लगाने का,
हाय रे ज़ौक़[2] दिल लगाने का।

—मीर

दिल ने मुझसे 'असर' किया सो किया,
क्या कहूं, ये मेहरबान है अपना।

—असर लखनवी

हमनशीनो, कुछ न पूछो हाले-दिल,
एक शीशा है कि चकनाचूर है।

—'मुज़तर' शाहजहांपुरी

1. डर 2. शौक़

जी में कुछ नहीं है हमारे वगर्ना,
सर जाये या रहे, न रहें पर कहे बग़ैर।

—ग़ालिब

नियाज़े-आशिक़ी[1] को नाज़ के क़ाबिल समझते हैं,
हम अपने दिल को भी अब आपका ही दिल समझते हैं।

—'जिगर' मुरादाबादी

दिल में वो रंगे-मुहब्बत को जगह देते हैं,
जिससे हो जाती है तल्ख़ी[2] में हल्गवत[3] पैदा।

—'अकबर' इलाहाबादी

चमन में आग लगा दी दिलों को फूंक दिया,
मचलके और यह अब्रे -बहार क्या करते।

—रज्म रदोलवी

डराता हूं ये कह-कहके हसीनों को 'रियाज़'
न पूरा हो वो अरमान मेरे दिल में नहीं।

—'रियाज़' खैराबादी

---

1. प्रेम की विनय 2. कड़वापन 3. माधुर्य

हम दे रहे हैं इश्क़ की क़ीमत में नक़द दिल,
वो नाज़ कर रहे हैं ख़रीदार देखकर।

—अज्ञात

आज दिल सुबह से ही कहने में नहीं है,
तुम बातों में लगाओ तो शायद मान जाये।

—'रिन्द' जण्डियालवी

दिले-पुरख़ू[1] की इक गुलाबी से,
उम्र-भर हम रहे शराबी-से।

—मीर

कुछ राज़े-निहां[2] दिल का अयां[3] हो नहीं सकता,
गूंगे का सा है ख़्वाब बयां हो नहीं सकता।

—ज़ौक़

उसने दिल की हालत का क्या असर लिया होगा,
दिल ने क्या कहा होगा, दिल है बेज़बां अपना।

—फ़ानी बदायूनी

---

1. वह हृदय जिसका खून हो चुका है 2. गुप्त भेद 3. प्रकट

ऐ दिल किसी की चश्मे-करम[1] पे न कर यक़ीं,
तुझको बड़े ख़ुलूस[2] से समझा रहा हूं मैं।

—अदम

दिल से फिर होगी मेरी बात कि ऐ दिल, ऐ दिल,
ये जो महबूब बना रखा है तेरी तन्हाई का ।

—'फ़ैज़'

दिल पे ज़ख़्मों की तरक़्क़ी से हुई और इक बहार,
आगे यह सद-बर्ग[3] यह गुल अब हज़ारा हो गया।

—ज़ौक़

दिल की हालत का 'अदम' क्या ग़म करूं,
दिल की हालत मुद्दतों से ठीक है।

—अदम

ज़ब्त अपना शुआर[4] था, न रहा,
दिल पे कुछ इख़्तियार था, न रहा।

—फ़ानी ज़ौक़दायूनी

---

1. कृपादृष्टि 2. सच्ची भावना 3. सौ पंखुड़ियोंवाला 4. ढंग, स्वभाव

न कुछ आशनाई अगली, न शनाख़्त एक दिन की,
जो है दिल ही की मरज़ी तो है सोच फिर ये कैसी !

—नज़ीर अकबराबादी

नेमतों[1] को देखता है और हंस देता है दिल,
महवे-हैरत[2] हूं कि आख़िर क्या है मेरे दिल के पास।

—हरिचन्द 'अख़्तर'

हुस्न के हुस्ने-नदामत[3] की क़सम क्या कहिये,
दिल को अब हौसला-ए-तर्के-वफ़ा[4] क्यों न रहा।

—शकील बदायूनी

दिल की हर लर्ज़िशे-मुज़्तर[5] पे नज़र रखते हैं,
वो मेरी बेख़बरी की भी ख़बर रखते हैं।

—'फ़ानी' बदायूनी

न आख़िर कह सका उससे मेरा हाले-दिले-सोज़ां[6],
महे-ताबां[7] कि जो उसका शरीके-अंजुमन[8] तक है।

—मजरूह सुल्तानपुरी

---

1. वरदानों 2. आश्चर्यचकित 3. पश्चात्ताप का सौन्दर्य 4. प्रेम त्यागने का साहस 5. आकुल कंपन 6. दर्द-भरे दिल का हाल 7. चमकीला चांद 8. महफिल का साथी

मैं क्या कहूं साहेब, मुझे कुछ कहना नहीं आता
आप ही समझ लीजिए हाले-दिल देखकर।

—'रिन्द' जण्डियालवी

न गई तेरे ग़म की सरदारी,
दिल में यूं रोज़ इंक़िलाब आये।

—'फ़ैज़'

'शकील' उनके दर से न लौटूंगा ख़ाली,
जो दिल चाहता है वह मांग लूंगा।

—शकील बदायूनी

तुझे और हाले-दिल से यह तग़ाफ़ुल[1]! तौबा कर, तौबा,
कि तुझसे मेरी ख़ामोशी ने की है गुफ़्तगू बरसों।

—'फ़ानी' बदायूनी

बात बस से निकल चली है,
दिल की हालत संभल चली है।

—'फ़ैज़'

1. ग़फ़लत

दाग़-ए-दिल

कह दो इन हसरतों से कहीं और जा बसें,
इतनी जगह कहां है दिले-दाग़दार में।

—ज़फ़र

वाक़िफ़ ग़मे-उल्फ़त से न दिल से न जिगर हो,
यूं मुझसे मिलो तुम कि मुझे भी न ख़बर हो।

—'जिगर' मुरादाबादी

फोड़ा-सा सारी रात जो पकता रहा ये दिल,
तो सुब्ह तक तो हाथ लगाया न जायेगा।

—मीर

हमसे अपने दिल के बिना जिया न जायेगा,
वापस कर दीजिये मेरा दिल, साफ़ बात है !

—'रिन्द' जण्डियालवी

यूं तड़पकर दिल ने तड़पाया सरे महफ़िल मुझे,
उसको क़ातिल कहने वाले, कह उठे क़ातिल मुझे।

—'जिगर' मुरादाबादी

दिल थामता कि चश्म[1] पे करता मैं निगाह,
साग़र को देखता कि मैं शीशा संभालता।

—'फ़िराक़ गोरखपुरी

---

1. आंख 2. शराब की बोतल

दिल से ख़याले-यार को टाले हुए तो हैं,
हम़ जान देकर दिल को संभाले हुए तो हैं।

—फ़ानी

फेंक दूं दिल को अभी चीर के पहलू अपना,
तुझ पै क़ाबू नहीं, दिल पर तो क़ाबू है अपना ।

—रिंद

दिल मुझे उस गली में ले जाकर,
और भी ख़ाक में मिला लाया।

—मीर

तेरे छूने से भी दुखे जो,
कौन उस दिल की फांस निकाले ।

—'फ़िराक़' गोरखपुरी

दिल के मुआमलात में सूदो - ज़ियां[1] की बात,
ऐसे है जैसे मौसमे - गुल में ख़िज़ां की बात।

—अदम

1. लाभ और हानि

तेरी तिरछी नज़र का तीर मुश्किल से निकलेगा,
दिल उसके साथ निकलेगा अगर यह दिल से निकलेगा।

—'फ़ानी' बदायूनी

मुद्दतों दिल और पैकां[1] दोनों सीने में रहे,
आख़िरश दिल बह गया ख़ूं होके पैकां ही रहा।

—ज़ौक़

आरज़ू तेरी बरक़रार रहे,
दिल का क्या है, रहा, न रहा।

—हसरत मोहानी

दाग़े - ग़म दिल से किसी तरह मिटाया न गया,
मैंने चाहा भी मगर तुमको भुलाया न गया।

—जज़्बी

दिले - नाकाम[2] ही तुमने दिया था,
दिले - नाकाम लेकर जी रहे हैं।

—अदम

---

1. तीर की नोक 2. असफल हृदय

दिल को होना था जुस्तजू में ख़राब,
पास थी वरना मंज़िले - मक़सूद[1]।

—जज़्बी

आग-सी सीने में रह-रहके उबलती है न पूछ,
अपने दिल पे मुझे क़ाबू ही नहीं रहता है।

—फ़ैज़ अहमद फ़ैज़'

दिल ख़ामोश है साहेब, मैं कह रहा हूं,
ज़ख़्मे - दिल[2] नहीं, मैं बह रहा हूं।

—'रिन्द' जण्डियालवी

होता है आज फ़ैसला उम्मीदो - यास[3] का,
मिटता है अब वो दिल जो बसा और उजड़ गया।

—'फ़ानी' बदायूनी

दर्द ही दर्द की दवा बन जाए,
ज़ख़्म ही ज़ख़्मे - दिल का मरहम हो।

—'फ़िराक़' गोरखपुरी

1. इच्छित लक्ष्य 2. हृदय का घाव 3. आशा-निराशा

यां हमने जिसको देखा अपनी ग़रज़ का पाया,
यह दाग़ दोस्तों की दिल पर निशानियां हैं।

—'फ़ानी' बदायूनी

दिल किसी बुत को दिया ऐ हज़रते-मोमिन कहीं,
वाज़ में क्यों बिरहमन[1] को देखकर रुकते हैं आप।

—मोमिन

बैठे ही बैठे आ गया क्या जाने क्या ख़याल,
पहरों लिपट के रोये दिले-नातवां[2] से हम।

—'जिगर' मुरादाबादी

कलेजे में 'अख़्तर' फफोले पड़े हैं,
मेरे उठ गये क़द्रदां कैसे - कैसे !

—नवाब वाजिदअली शाह 'अख़्तर'

ऐ मेरे दर्दे-मंद दिल सुन, मेरी इक बात सुन,
उसको न भूलना कभी, जिसने तुझे भुला दिया।

—हमीद

---

1. ब्राह्मण 2. दुर्बल हृदय

गर दिल यही है मुज़तरिबुल-हाल[1] तो ऐ 'मीर'
हम ज़ेरे - ज़मीं[2] भी बहुत आराम करेंगे।

—मीर

किसी ने मोल न पूछा दिले-शिकस्ता[2] का
कोई ख़रीद के टूटा प्याला क्या करता।

—आतिश

कुछ भी हो फिर भी दुःखे दिल की सदा हूं,
मेरी बातों को समझ तल्ख़ी-ए-तक़रीर न देख।

—'मजरूह' सुलतानपुरी

हम जानते तो इश्क़ न करते किसू के साथ,
ले जाते दिल को ख़ाक में इस आरज़ू के साथ।

—मीर

दिल में तो आग है वही अब तक लगी हुई,
माना कि चश्मे-शौक़ का अमां निकल गया।

—'जिगर' मुरादाबादी

---

1. व्याकुल दशा 2. ज़मीन के नीचे 3. टूटा हुआ दिल 4. वह दृष्टि जिसमें प्रेम तथा दर्शनों की लालसा भरी हुई है ।

वो ख़राशे-दिल जो ऐ 'जज़्बी' मेरी हमराज़ थी,
आज उसे भी ज़ख़्म बनकर मुस्कराना आ गया।

—'जज़्बी'

रहे दिल का दाग़ दाइम कि झलक रही है इसमें,
तेरे मेहर की तमन्ना, तेरे क़हर की निशानी।

—अहमद नदीम क़ासमी

मिलते ही नज़र दिल को मिलाया नहीं जाता,
आगाज़[1] को अंजाम बनाया नहीं जाता।

—'वासिफ़' मंदसौरी

दिल का क्या हाल कहूं जोशे-जुनूं के हाथों,
इक घरौंदा-सा बनाया, कभी बरबाद किया।

—'जिगर' मुरादाबादी

दिल मेरा सोज़े-निहां[2] से बेमहाबा[3] जल गया,
आतशे-ख़ामोश[4] की मानिंद जल गया।

—ग़ालिब

---

1. प्रारम्भ 2. आन्तरिक जलन 3. एकदम 4. मूक आग

पूछना या चश्मे-बीना[1] हो तो देख
दिल के हर ज़र्रे में हैं लाख आफ़ताब[2]

—'जिगर' मुरादाबादी

दिल को महवे-ग़ामे-दिलदार[3] किये बैठे हैं,
रिंद[4] बनते हैं मगर ज़हर पिये बैठे हैं।

—'मजाज़' लखनवी

दिल लेके उसकी बज्म[4] में जाया न जायेगा,
यह मुद्दई[5] बग़ल में छुपाया[6] न जायेगा।

—दाग़

दिल नहीं तुझको दिखाता वर्ना दाग़ों की बहार,
इस चिराग़ां[7] का करूं क्या, कारफ़र्मा[8] जल गया।

—ग़ालिब

दिल कब हुआ इश्क़ की राह का दलील[9]
मैं तो ख़ुद गुम ही इसे पाता रहा।

—मीर

---

1. ज्ञान-दृष्टि 2. सूर्य 3. प्रेमिका के गम में लीन 4. शराबी 5. महफ़िल 6. शत्रु 7. दीपमाला 8. कार्यकर्ता 9. पथ-प्रदर्शक

दिल-जलों से दिल्लगी अच्छी नहीं,
रोने वालों से हंसी अच्छी नहीं।

—रियाज़

दिखाना पड़ेगा हमें ज़ख़्मे-दिल,
अगर तीर उसका ख़ता हो गया।

—हाली

ले जाओ मेरे सीने से नावक[1] निकाल के,
पर दिल न निकल आये कहीं देख भाल के।

—सैफ़ुलहक़ 'अदीब'

निकालूं किस तरह सीने से अपने तीर-जानां को,
न पैकां[2] दिल को छोड़े है, न दिल छोड़े है पैकां को।

—ज़ौक़

दिल को उसी निगाह के कर दीजिये सुपुर्द,
गुलशन बनाइये न बयाबां बनाइये।

—'जिगर' मुरादाबादी

1. छोटा तीर 2. तीर का फल

दर्द ने दिल को तड़पाया, दिल ने मुझे,
क्या क़िस्मत तेरी में मुझे हो ख़राब होना था।
—'रिंद' जण्डियालवी

मैं हूं और अफ़सुर्दगी[1] की आरज़ू 'ग़ालिब' कि दिल,
देखकर तर्ज़े-तपाके[2] अहले दुनिया जल गया।
—ग़ालिब

तेरी आवाज़ में सोई हुई शीरीनियां[3] आख़िर,
मेरे दिल की फ़सुर्दा[4] ख़िल्वतों[5] में जा न पायेंगी।
—'फ़ैज़'

दिल ये कहता है कि तू साथ न ले चल मुझको,
जाके वां तेरे क़ाबू से निकल जाऊंगा।
—ज़ौक़

दिल से अरबाबे-वफ़ा[6] का है भुलाना मुश्किल,
हमने यह उनके तग़ाफ़ुल[7] को सुना रक्खा है।
—हसरत मोहानी

---

1. उदासी 2. व्यवहार का ढंग 3. मिठास 4. उदास 5. एकांत 6. प्रेमीजन 7. उपेक्षा

शौक़ से नाकामी की बदौलत कुचाए - दिल भी छूट गया,
सारी उमीदें टूट गईं, दिल बैठ गया, जी छूट गया।

—फ़ानी' बदायूनी

भूले से मुस्करा तो दिये थे वो आज 'फ़ैज़',
मत पूछ वलवले दिले - नाकर्दाकार[1] के।

—'फ़ैज़'

हर तबस्सुम[2] पर तिरे बढ़ती गई दिल की ख़लिश[3]
फ़स्‌ले-गुल भी आई लेकिन फूल ख़ारों में रहा।

—'शकील' बदायूनी

जहां 'मजरूह' दिल के हौसले टूटें निगाहों से,
वो करते जो मर्गे-शौक[4] का मातम तो क्या करते।

—'मजरूह' सुलतानपुरी

हर मसर्रत[5] से गुरेजां[6] नज़र आता है मुझे,
दिल हरीफ़े-ग़मे-जानां[7] नज़र आता है मुझे।

—'शकील' बदायूनी

---

1. अनुभवहीन हृदय 2. मुस्कान 3. चुभन 4. दर्द-भरा दिल 5. आनन्द 6. घायल हृदय 7. प्रेयसी के ग़म का प्रतिद्वन्द्वी

जल रहे हैं आज तक दिल के चिराग़,
तूर[1] पर इक शमअ़ जलकर रह गई।

—'फ़ानी' बदायूनी

दिल में कुछ सोज़े-तमन्ना[2] के निशां मिलते हैं,
इस अंधेरे में उजाले के समां मिलते हैं।

—जज़्बी

फिरे ऐ दिले - शिकस्ता[3] कोई नग़मा छेड़ दे,
फिर आ रहा है कोई इधर झूमता हुआ।

—जज़्बी

हो परीशां हिजाबे - ग़ाम[4] से न दिल,
कारवां पर्दा -ए - गुबार[5] में है।

—'शकील' बदायूनी

वो ख़राशे - दिल[6] जो ऐ 'जज़्बी' मिरी हमराज़[7] थी,
आज उसे भी ज़ख़्म बनकर मुस्कराना आ गया।

—जज़्बी

---

1. एक पहाड़ का नाम जिसपर खुदा ने हज़रत मूसा को दर्शन दिए थे। 2. अभिलाषाओं का जलना 3. भग्न हृदय 4. गम का पर्दा 5. धूल का पर्दा 6. हृदय की चुभन 7. मेदी

दास्तान-ए-दिल

दिल बहलने को लोग सुनते हैं,
दर्दे - दिल दास्तान है गोया।

—जलील

दिले - दास्तां ही सुनो तो कुछ रात कटे,
चुप बैठने से तो बैठा जाता है दिल मेरा।

—'रिन्द' जण्डियालवी

लो समझ लो ये प्यार ज़िद्दी है,
दिल को ठुकराओगे कहां तक तुम।

—शेरजंग गर्ग

बढ़ी इस दिल की बेताबी यहां तक,
हमीं हम थे ज़मीं से आस्मां तक।

—'रियाज़' खैराबादी

जब कहा ग़ैरत है, मैं तुम पर फ़िदा तुम ग़ैर पर,
हंसके बोले-'अपने-अपने दिल के आ जाने की बात।'

—सग़ीर

दिल में ज़ौक़ - वस्लो - यादे - यार[1] तक बाक़ी नहीं,
आग इस घर को लगी ऐसी कि जो था जल गया।

—ग़ालिब

---

1. मिलन की अभिरुचि तथा प्रेयसी की स्मृति

इक मये-बेनाम जो इस दिल के पैमाने में है,
वो किसी शीशे में है साक़ी न मयख़ाने में है।

—'जिगर मुरादाबादी

अर्ज़े - नियाज़े - इश्क़[1] के क़ाबिल नहीं रहा,
जिस दिल पे हमको नाज़ था वो दिल नहीं रहा।

—ग़ालिब

हमने क़िस्सा बहुत कहा दिल का
न सुना तुमने माजरा दिल का।

—'आसिफ़'

समझने पर भी समझाना जिसे हर तरह मुश्किल था,
उसी का नाम शायद इस्तिलाहे-इश्क़[2] में दिल था।

—'जिगर' मुरादाबादी

दिल के आइने में इस तरह उतरती है निगाह,
जैसे पानी में लचक जाये किरन, क्या कहना।

—'फ़िराक़' गोरखपुरी

---

1. प्रेमभावना 2. प्रेम की परिभाषा

आपको जाते हुए देखके संभलेगा न दिल,
उसको बातों में लगा लूं तो चले जाइएगा।

—अज्ञात

अभी कच्चे हो सुन न पाओगे दास्ताने - दिल,
अभी तो इक उम्र और चाहिए तुम्हें पकने के लिए।

—'रिन्द' जण्डियालवी

हो गया सर्द तड़पकर तो वे बोले-हैं - हैं,
क्या हुआ आज मेरे चाहनेवाले दिल को।

—'अमीर' लखनवी

दिल का क्या मोल शर्मिन्दा न कीजे मुझको,
आपकी चीज़ है, ले जाइये, क़ीमत कैसी !

—तालिब

दिल क्या मिलाओगे कि हमें हो गया यक़ीं,
तुमसे तो ख़ाक में भी मिलाया न जायेगा।

—दाग़

दिल के तईं आतिशे-हिजरां[1] से बचाया न गया,
घर जला सामने और हमसे बुझाया न गया।

—मीर

दिल वो है कि फ़रियाद से लबरेज़[2] है हर वक़्त,
हम वो हैं कि कुछ मुंह से निकलने नहीं देते।

—अज्ञात

दिले-दास्तां को मुख़्तसर कैसे कर दूं,
उसने तो हमें ही मुख़्तसर कर दिया।

—'रिन्द' जण्डियालवी

ये आग और नहीं दिल की आग है नादां,
चिराग़ हो कि न हो जल बुझेंगे परवाने ।

—'मजरूह' सुलतानपुरी

मेरा दिल ग़मग़ीन है तो क्या, ग़मग़ीं ये दुनिया है सारी,
ये दुःख तेरा है न मेरा, हम सबकी जागीर है प्यारी।

—फ़ैज़ अहमद 'फ़ैज़'

1. विरहाग्नि 2. भरा हुआ

तेरी रुसवाई[1] का है डर वरना,
दिल के जज़्बात तो नहीं महदूद[2]।

—मुईन अहसन 'जज़्बी'

दिल की बर्बादियों पे नाज़ां[3] हूं,
फ़तह पाकर शिकस्त खाई है।

—शकील बदायूनी

उनकी आवाज़ आ रही थी दिल के पास,
देर तक कुछ गुफ़्तगू करते रहे।

—'फ़ानी' बदायूनी

ये दिल इक दिन हाथ से जाता रहा,
ये क़िस्सा तमाम उम्र याद आता रहा।

–'रिन्द' जण्डियालवी

बन गई है मस्ती में दिल की बात हंगामा,
क़तरा थी जो सागर में लब पे आके तूफ़ां है।

—'मजरूह' सुलतानपुरी

---

1. बदनामी 2. सीमित 3. गर्वित

हम जान से बेज़ार रहा करते हैं 'अकबर',
जब से दिले-बेताब है दीवाना किसी का।

—अकबर इलाहाबादी

अब तो मेरी ख़ामोशी सब कह चुकी तुमसे,
अब तो सुना-सुनाया अफ़साना हो गया मैं !

—जज़्बी

ग़ुरबत[1] में हों अगर हम, रहता है दिल वतन में,
समझो वहीं हमें भी दिल हो जहां हमारा।

—इक़बाल

डूबे हुए दिल की धीमी-सी धड़कन भी सुनाई देती है,
अब इससे ज़्यादा सन्नाटा, ऐ शामे-बियाबां[2] क्या होगा ।

—'अदम'

दिल से मिलती तो है इक राह कहीं से आकर,
सोचता हूं कि ये तेरी रहगुज़र है कि नहीं।

—'मजरूह' सुलतानपुरी

1. विदेशी 2. बियाबान की शाम

यादों के गिरेबानों के रफ़ू पर दिल की गुज़र कब होती है,
इक बखिया उधेड़ा, एक सिया, यूं उमर बसर कब होती है।

—'फ़ैज़'

शामे-फ़िराक़[1] अब न पूछ आई और आके ढल गई,
दिल था कि फिर बहल गया, जां थी कि फिर संभल गई।

—'फ़ैज़'

आह वो याद कि उस याद को होकर मजबूर,
दिले-मायूस ने मुद्दत से भुला रक्खा है।

—'हसरत' मोहानी

और तो दिल में 'अदम' कुछ नहीं पाया जाता,
एक रोती हुई तस्वीर नज़र आती है।

—'अदम'

'फ़ानी' बस अब ख़ुदा के लिए ज़िक्रे-दिल न छेड़,
जाने भी दे, बला से रहा या न रहा।

—'फ़ानी' बदायूनी

1. वियोग की संध्या

तुम अपने घर के थे, तुमसे कोई पर्दा न था,
जो दिल की बात थी ज़ालिम वही मुंह से नहीं निकली।

—'फ़िराक़' गोरखपुरी

इश्क़ दिल में रहे तो रुसवा[1] हो,
लब पे आये तो राज़ हो जाये।

—'फ़ैज़'

राज़े-उल्फ़त छुपाके देख लिया,
दिल बहुत कुछ जलाके देख लिया।

—'फ़ैज़'

निगाहों ने दिलों में दिल ने आंखों में तुझे ढूंडा,
तिरी धुन में रहे सौदाइयाने-जुस्तजू[2] बरसों।

—'फ़ानी' बदायूनी

मुहीते-इश्क़[3] में जो कुछ भी था इक आलमे-दिल[4] था,
इसी ज़र्रे में दरिया था, इसी क़तरे में साहिल था।

—'जिगर' मुरादाबादी

---

1. बदनाम 2. खोज के उन्मत्त 3. प्रेम-परिधि 4. दिल का संसार

मसायब[1] और थे पर दिल को जाना,
अजब इक सानिहा[2] सा हो गया है।

—अज्ञात

कोई मेरे दिल से पूछे तेरे तीरे-नीम-कश[3] को,
ये ख़लिश[4] कहां होती जो जिगर के पार होता।

—ग़ालिब

आगे शायद पड़ता है अदम[5] कुछ ठीक हमें मालूम नहीं,
दर्द की हद है 'फ़िराक़' यहीं से दिल की नगरी छूट गई।

—'फ़िराक़' गोरखपुरी

एक दिल है और तुफ़ाने-हवादिस[6] ऐ 'जिगर'
एक शीशा है कि हर पत्थर से टकराता हूं मैं।

—'जिगर' मुरादाबादी

दिल लश्कर में एक सिपाहीज़ादे ने हमसे छीन लिया,
हम दरवेश तलब में उसकी डेरे-डेरे फिरते हैं।

—मीर

---

1. मुसीबतें 2. दुर्घटना 3. वह तीर जिसे आधी शक्ति से चलाया जाए 4. चुभन 5. परलोक 6. दुर्घटनाओं की बाढ़

चाहते हैं कि हर इक ज़र्रा शगूफ़ा बन जाये;
और ख़ुद दिल में इक ख़ार लिये बैठे हैं।

—'मजाज़' लखनवी

किसी से हाले-दिले-बेक़रार कह न सका,
कि चश्मे-यास[1] में आंसू भी आके बह न सका।

—ज़ज़्बी

मेरे दिल की नैरंगी[2] पूछते हो क्या मुझसे,
तुम नहीं तो वीराना, तुम रहो तो बस्ती है।

—'अर्श' मल्सियाची

किसी को देके दिल कोई नवा-संजे-फ़ुगां[3] क्यों हो,
न हो जब दिल ही सीने में तो फिर मुंह में ज़बां क्यों हो।

—ग़ालिब

यार ने कुछ ख़बर न ली दिल ने जिगर ने क्या किया,
नालाए-शब[4] से क्या हुआ, आहे-सहर ने क्या किया।

—'अकबर' इलाहाबादी

---

1. निराश आंख 2. दशा 3. आर्तनाद करनेवाला 4. रात का रोना 5. सुबह की आह

दिल से न क़तअए-राह[1] कर दिल की तरफ़ निगाह कर,
देख ये वुसअतें[2] कहां दामने - कायनात[3] में।

—'शकील' बदायूनी

हम परवरिशे-लौहो-क़लम[4] करते रहेंगे,
जो दिल पे गुज़रती हैं रक़म करते रहेंगे[5]।

—'फ़ैज़'

दिल में 'फ़ानी' इक न इक हंगामा बरपा ही रहा,
शौक़ था, जब तक किसी के शौक़ का मातम न था।

—'फ़ानी' बदायूनी

आह को दिल ने फिर शिकवा-ए-बेदाद[6] किया,
जब से शर्मीली निगाहों ने कुछ 'इर्शाद' किया।

—जज़्बी

वो भी दिल गिरफ़्ता है अपनी क्या कहूं नासेह,
मुझसे गुफ़्तगू करना उससे गुफ़्तगू करके।

—'शकील' बदायूनी

---

1. सम्बन्ध-विच्छेद 2. विशालताएं 3. विश्व का आंचल 4. लेखनी और तख़्ती का पालन 5. लिखते रहेंगे 6. अत्याचार की शिकायत

ये जो इक दर्दे-मुहब्बत की ख़लिश[1] है 'हसरत',
मक़सदे - दिल[2] है यही जाने-तमन्ना है यही।

—'हसरत' मोहानी

साक़िया शीशे में तेरे है न पैमानों में है,
वो ख़ुमारे-तिश्नगी[3] जो दिल के अरमानों में है।

—जज़्बी

शिकस्ता-दिलों[4] के नग़मे तो हैं वो ए 'जज़्बी'
जिन्हें वो सुनते हैं और झूम-झूम जाते हैं।

—जज़्बी

'फ़ानी' फ़ुसूने - मौत[5] की तासीर देखना,
ठहरा वो दिल कि जिस पे सुकूं[6] का गुमां न था।

—'फ़ानी' बदायूनी

निस्बत[7] ही नहीं कोई मुहब्बत को ख़िरद[8] से,
ऐ दिल कभी मफ़हूमे - मुहब्बत[9] न समझना।

—'शकील' बदायूनी

---

1. चुभन 2. दिल का उद्देश्य 3. प्यास का नशा 4. भग्न हृदय 5. मौत का जादू 6. शान्ति 7. सम्बन्ध 8. बुद्धि 9. प्रेम का अर्थ

चंद अशआ़र और (विविध)

ज़र्रा-ज़र्रा कांप रहा है,
किसके दिल में दर्द उठा है।

—'फ़िराक़ गोरखपुरी

सूनी पड़ी हुई है मुद्दत से दिल की बस्ती,
आ इक नया शिवाला इस देश में बना दें।

—इक़बाल

रात यूं दिल में तिरी खोई हुई याद आई,
जैसे वीराने में चुपके से बहार आ जाए।

—फ़ैज़ अहमद 'फ़ैज़'

दिल ने ग़म से शिकस्त खाई है,
उम्रे - रफ़्ता[1] तेरी दुहाई है।

—'शकील' बदायूनी

तुमको दिल की क़सम जो दिल का कहा न मानो,
यूं रुकने को आज के दिन तुम्हारा भी तो दिल होगा।

—'रिन्द' जण्डियालवी

तुम्हारे हुस्न के जल्वों की शोख़ियां तौबा,
नज़र तो आते नहीं, दिल पे छाये जाते हैं।

—'जज़्बी'

1. बीते समय

अब तक शिकायतें हैं दिले - बेनसीब[1] से,
इक दिन किसी को देख लिया था क़रीब से।

—'शकील' बदायूनी

अच्छा है दिल के साथ रहे पासबाने-अक़्ल[2],
लेकिन कभी-कभी इसे तनहा भी छोड़ दे।

—इक़बाल

दिल ने इत्मीनान[3] की इक सांस ली,
हर निगाह जब उसकी क़ातिल हो गई।

—'जज़्बी'

सोज़े - पिनहां[4] हो चश्मे - पुरनम[5] हो,
दिल में अच्छा - बुरा कोई ग़म हो।

—'फ़िराक़' गोरखपुरी

और क्या देखने को बाक़ी है,
आपसे दिल लगाके देख लिया।

—'फ़ैज़'

1. अभागा मन 2. बुद्धि-रूपी रक्षक 3. सन्तोष 4. गुप्त पीड़ा 5. सजल आंखें

फूल चुनना भी अबस[1] सैरे-बहारां भी फ़िज़ूल,
दिल का दामन ही जो कांटों से बचाया न गया।

—'जज़्बी'

दिल गिरफ़्तार हुआ यार की अय्यारी से,
हम गिरफ़्तार हुए दिल की गिरफ़्तारी से।

—'ज़ौक़'

ज़ब्ते-ख़्वाहिश पे हो नाज़ां ! मगर ऐ हज़रते-दिल,
क्या हो सोते जो कहीं उनको अकेला देखो।

—'हसरत' मोहानी

कई बार उसका दामन भर दिया हुस्ने-दो-आलम[2] से,
मगर दिल है कि उसकी खाना वीरानी नहीं जाती।

—'फ़ैज़'

मेरे दिल को चैन आ जाने की ज़ामिन मौत है,
तुम किसी दिन नब्ज़े-दिल पर हाथ रखकर देखना।

—'फ़ानी' बदायूनी

---

1. व्यर्थ 2. दोनों दुनियाओं का सौन्दर्य

मेरी ख़ाके-दिल भी आख़िर उनके काम आ ही गई,
कुछ नहीं तो उनको दामन ही बचाना आ गया।

—'जज़्बी'

वो आते हैं 'शकील' अब अपने दिल से हाथ धो बैठो,
निगाहे-नाज़ की क़ीमत अदा करने का वक़्त आया।

—'शकील' बदायूनी

एक रंग होता दिल का तो अयां[1] कर देता,
मैंने तो ज़र्रे-ज़र्रे में दिल का बयां[2] पाया।

—अज्ञात

दिल में इक शम्मअ़-सी जलती नज़र आती है मुझे,
आके इस शम्मअ़ को परवाना बनाया होता।

—'फ़ानी' बदायूनि

दिल और इक फ़क़ीर का दिल, ऐ परी-जमाल[3],
क़ीमत न पूछ माल पे थोड़ा-सा ग़ौर कर।

—अदम

---

1. प्रदर्शित 2. वर्णन 3. परी सदृश सुन्दरी

ऐ ज़ौक़ मेरे ताइरे-दिल1 को कहां फ़राग़2,
कोसों हैं वो फ़राग़ से दूर और शिकस्ता-पर।

—'ज़ौक़'

आ चला है मुझे कुछ वादा-ए-फ़र्द[3] का यकीं,
दिल पे इल्ज़ाम न आ जाये शिकेबाई[4] का !

—'फ़ानी' बदायूनी

ये उन पर मरने वालों में वो सदके होने वालों में,
दिलो-जां दोनों उनके हैं न दिल मेरा न जा मेरी।

—'फ़ानी' बदायूनी

आह फिर दिल की याद आई है,
ज़र्रे - ज़र्रे को देखता हूं मैं।

—'जज़्बी'

लिये बैठा है दिल इक अज़्मे-बेबाकाना[5] बरसों से,
कि इसकी राह में हैं काबा-ओ-बुतख़ाना बरसों से ।

—'मजरूह' सुलतानपुरी

---

1. पराजित पंख 2. मुक्ति 3. कल मिलने का वचन 4. सब्र 5. निडर संकल्प

संभालें दिल को कि हम हालते-जिगर देखें।
तमाम आग लगी है किधर-किधर देखें।

—'अकबर' इलाहाबादी

लगी है आग दिल में शम्मअ़-सा जलके पिघलता हूं,
धुआं उठता है आहों का बरंगे मोम गलता हूं।

—'नज़ीर' अकबराबादी

दिल की जो तर्के-इश्क़[1] से हालत बदल गई,
वो बेख़ुदी[2], वो ख़ुर्रमीए-बेख़लल[3] गई।

—हसरत मोहानी

ऐ 'शकील' उनकी महफ़िल से जाते तो हो,
और अगर दिल ने पूछा कहां चल दिए !

—'शकील' बदायूनी

दिल की हालत का 'अदम' क्या ग़म करूं,
दिल की हालत मुद्दतों से ठीक है।

—अदम

1. प्रेम-परित्याग 2. आत्मविस्मृति 3. निरन्तर प्रसन्नता

होगा क्या, रंजिश जो तुझसे ऐ परी हो जायगी,
जिससे दिल लग जायगा, इक दिल लगी हो जायगी।

—'अकबर' इलाहाबादी

दिल की मुफ़ारिक़त[1] को कहां तक न रोइए,
अल्लाह एक उम्र का साथी बिछुड़ गया।

—'फ़ानी' बदायूनी

उठकर तो आ गए हैं तेरी बज़्म[2] से मगर,
कुछ दिल ही जानता है कि किस दिल से आए हैं!

—'फ़ैज़'

बहुत दिनों यही कह-कहके हम दिये रो,
ज़रा ठहर दिले-मुज़्तर[3] कि अब जवाब आया।

—'फ़ानी' बदायूनी

दिल था किसी की याद में मसरूफ़[4] और हम
शीशे में ज़िन्दगी को उतारे चले गये।

—'शकील' बदायूनी

1. वियोग (अलग होना) 2, महफ़िल 3. व्याकुल हृदय 4. व्यस्त

वक़्फ़े-हिर्मानो-यास[1] रहता है,
दिल है अक्सर उदास रहता है।

—'फ़ैज़'

कुछ दिल को मुहब्बत में मिटने का ख़याल आया,
कुछ तेरे तग़ाफ़ुल[2] ने की हौसला - अफ़ज़ाई[3]।

—'जज़्बी'

1. निराशाओं को समर्पित 2: पराकाष्ठा 3. प्रोत्साहित

रुबाईयां

हर एक को बेताब बनाके उट्ठे
शोले दिले-सोज़ां के उठाके उट्ठे
हम बैठे अगर दिल में समाके बैठे
उट्ठे भी अगर आग लगाके उट्ठे

—'फ़िराक़' गोरखपुरी

गुल ने हर चंद कहा बाग़ में रह, पर उस दिन
जी जो उचटा तो कुसू तरह लगाया न गया
'मीर' मत उज्र गिरेबां के फटे रहने का कर
ज़ख़्मे-दिल चाके-जिगर[1] था कि सिलाया न गया

—मीर

गर दिल में असर न तेरे ग़म का होता
काहे को ये लोटता, तड़फता होता
कैसी आराम से गुज़रती औक़ात
ऐ काश, जो मिरा दिल भी तुझसा होता

—मोमिन

ऐ दिल तुझे हुस्ने-ए-ताबां[2] की क़सम
ऐ दिल तुझे गेसुए - परीशां[3] की क़सम
क्यों इतनी दुखी हुई है हस्ती मेरी
ऐ दिल तुझे जमाले - जानां[4] की क़सम

—'फ़िराक़' गोरखपुरी

---

1. कलेजे का छेद 2. चमकते हुए मुख का सौन्दर्य 3. बिखरे हुए केश 4. प्रेयसी का आभायुक्त सौन्दर्य

महफ़ूज़ सितम से गर ये छाला होता
दिल का अन्दाज़ ही निराला होता
देखो, देखो, कहां रखे देते हो पांव
तुमने आईना तोड़ डाला होता

—जगतमोहन लाल 'खां'

बुलबुल की चमन में हमज़बानी छोड़ी
बज़्मे - शुअरा[1] में शे'र - ख़्वानी छोड़ी
कि जब से दिले-ज़िन्दा तूने हमको छोड़ा
हमने भी तिरी रामकहानी छोड़ी

—'हाली' पानीपती

आंखों से ख़ूने-दिल बहे बहने दे
तखफ़ीफ़[2] न चाह दिल को ग़म सहने दे
ग़म में ये तसर्रुफ़[3] है ख़यानत[4] 'फ़ानी',
ग़म उसकी अमानत है यूं ही रहने दे

—'फ़ानी' बदायूनी

1. कवि-सभा 2. कमी 3. काट-छांट 4. विश्वासघात

दिल वज़्-ए-जहां[1] से सख़्त आज़ुर्दा[2] है
आफ़त में फंसा हुआ है अफ़सुर्दा है
इस बाग़ में फूल इक यही था वो भी
कुछ ऐसी हवा चली कि पज़मुर्दा[3] है

—'शाद' अज़ीमाबादी

ज़ंजीरे-दरे-अर्श[4] हिलाता हूं मैं
अल्लाहु ग़नी ! किसे बुलाता हूं मैं
सिज्दे के बहाने दिल की बेताबी से
क़दमों पे किसी के लोट जाता हूं मैं

—'अमजद' हैदराबादी

हर एक को बेताब बनाके उठे
शोले दिले-सोज़ां[5] के उठाके उठे
हम बैठे अगर दिल में समाके उठे
उट्ठे भी अगर आग लगाके उठे

—'फ़िराक़' गोरखपुरी

---

1. संसार की रीति 2. दुःखी 3. मुर्झाया हुआ, उदास, मलिन 4. स्वर्ग के द्वार की ज़ंजीर 5. जलते हुए हृदय

हर चंद कि इक उम्र का आज़ारी[1] था
दुख-दर्द के सहने का नहीं आरी[2] था
दिल बैठ गया तो समझ लो कि बोझ
मज़दूर की ताक़त से बहुत भारी था

—'शाद' अज़ीमाबादी

महफ़िल में न हो शम्मअ़ से परवाने की बहस
मस्तों में न हो साग़र-ओ'-पैमाने की बहस
हां जल्व-ए-यार आ दिले-वीरां में
हो खत्म अभी काबा-ओ-बुतख़ाने की बहस

—'साकिब' कानपुरी

इक दर्द की दुनिया है इधर देख तो ले
कुछ नहीं कहते मगर देख तो ले
जिस दिल को तिरे ग़म ने किया दिल ए दोस्त
उस दिल की तरफ़ इक नज़र देख तो ले

—'फ़िराक़' गोरखपुरी

---

1. रोगी 2. अभ्यस्त

ग़ज़लें

शबे-ग़म कौन तरस खाके है रोने वाला।
कभी रोता हूं मैं दिल को, कभी दिल मुझको॥

—'अमीर' लखनवी

• 'बिस्मिल' इलाहाबादी

ये उनसे कह गया इक मिलने वाला ख़ाक में मिलके
तुम्हारे काम आयेंगे, यही ज़र्रे मिरे दिल के
किसी को अपने बज़्मे-नाज़[1] की रौनक़ बढ़ानी थी
नुमाइश में वहां रक्खे गये टुकड़े मिरे दिल के
जो आये हो तो हाथों को उठाकर फ़ातिहा पढ़ लो
ये है बिस्मिल की तुरबत[2] दफ़्न हैं टुकड़े यहीं दिल के

1. सौन्दर्य की सभा 2. क़ब्र

• दाग़

पूरी मेहंदी भी लगानी नहीं आती जब
क्योंकर आया तुझे ग़ैरों से लगाना दिल का
हूर की शक्ल हो तुम, नूर के पुतले हो तुम
और इसपर आता है तुम्हें जलाना दिल का
बेदिली का जो कहा हाल तो फ़रमाते हैं
कर लिया और कहीं तूने ठिकाना दिल का
बाद मुद्दत के ये रोग 'दाग़' समझ में आया
वही दाना है, कहा जिसने न माना दिल का

• अमीर लखनवी

हो गया सर्द तड़पकर तो वो बोले "है-है !"
क्या हुआ आज मिरे चाहने वाले दिल को
सख़्त नादां है कि मलता है वो पांवों के तले
कुछ भी समझे तो कलेजे से लगा ले दिल को

• नवाब वाजिदअली शाह 'अख़्तर'

ऐ बादे-सबा तुझको क़सम दश्ते - जुनूं की
ख़ाके - दिले - पज़मुर्दा[1] को बरबाद न करना
दिल लेके मेरा वो कहने लगा शहे ख़ूबी
उजड़ा हुआ किश्वर[2] है ये आबाद न करना
ऐ दिल ये नसीहत किसी नासेह[3] की सुन ले
भूले जो तुझे उसको कभी याद न करना

1. उदास, मुर्झाए हुए दिल की धूलि 2. राज्य 3. उपदेशक

• पयाम 'वासिफ़' मंदसौरी

मिलते ही नज़र दिल को मिलाया नहीं जाता
आग़ाज़[1] को अंजाम बनाया नहीं जाता
दिल दो तो मिले दिल का सिला दिल से मुहब्बत
खोया नहीं जाता तो पाया नहीं जाता
क्यों बर्क़े - तबस्सुम[2] वो मेरे दिल पे गिराएं
घर अपने ही हाथों से जलाया नहीं जाता

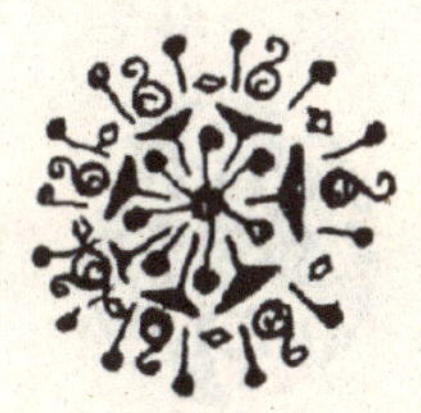

1. प्रारम्भ 2. मुस्कान की बिजली

• मीर

दिल-दिल लोग कहा करते हैं तुमने जाना क्या है दिल
चश्मे-बसीरत[1] वा[2] होवे तो अजायब दीद की जा[3] है दिल
जिस सहरा[4] को कुशादा-दामन[5] हम-तुम सुनते आये हैं
बंद आंखें कर टुक देखो तो वैसा ही सहरा है दिल
मत पूछो क्यों ज़ीस्त[6] करो हो मुर्दे-सी अफ़सुर्दा[7] तुम
हिज्र में उसके हम लोगों ने बरसों तक मारा है दिल
'मीरे'-परीशां दिल के ग़म में क्या-क्या ख़ातिरदारी की
ख़ाक में मिलते क्यों न फिरें अब ख़ूं हो बह भी गया है दिल

1. ज्ञान-नेत्र 2. खुले 3. स्थान 4. जंगल 5. चौड़ा चकला 6. जीवन 7. उदास

यों तो मुर्दे - से पड़े रहते हैं हम
पर वो आ जाता है तो आ जाता है जी
हाय उसके शर्बती लब से जुदा
कुछ बताशा-सा घुला जाता है जी
क्या कहें तुमसे कि उस शो'ले बग़ैर
जी हमारा कुछ जला जाता है जी
उठ चले पर उठके गश करते हैं हम
यानी साथ उसके चला जाता है जी

• जिगर मुरादाबादी

न जां दिल बनेगी न दिल जान होगा
ग़मे-इश्क़ ख़ुद अपना उन्वान[1] होगा
ठहर ऐ दिले - दर्द मंदे - मुहब्बत[2]
तसव्वुर[3] किसी का परीशान होगा
मिरे दिल में भी एक सूरत है पिनहां[4]
जो तू देख लेगा तो हैरान होगा

जब याद आ गया है पहरों रुला गया है
दिल का वो मुझसे कहना मुझको ज़ुदा न करना
तेरे 'जिगर' की तुझसे इक इल्तिजा[5] यही है
अपने जिगर को अपने दिल से ज़ुदा न करना

1. शीर्षक 2. प्रेमपीड़ित के दिल 3. कल्पना 4. छिपी हुई 5. प्रार्थना

फ़िक्रे - मंज़िल है न होशे-जाद-ए-मंज़िल[1] मुझे
जा रहा हूं जिस तरफ़ ले जा रहा है दिल मुझे
अब ज़बां भी दे अदा-ए-शुक्र[2] के क़ाबिल मुझे
दर्द बख़्शा है अगर तूने बजाय दिल मुझे
यूं तड़पकर दिल ने तड़पाया सरे-महफ़िल मुझे
उसको क़ातिल कहने वाले कह उठे क़ातिल मुझे
अब किधर जाऊं बता ए जज़्बा-ए-कामिल[3] मुझे
हर तरफ़ से आज आती है सदा-ए-दिल मुझे

1. पाथेय 2. धन्यवाद 3. पूर्णानुभूति

• मुईन अहसन 'जज़्बी'

अपनी निगाहे-शौक़[1] को रुसवा[2] करेंगे हम
हर दिल को बेक़रारे-तमन्ना[3] करेंगे हम
ख़लवत-कदे[4] में दिल के बिठा देंगे हुस्न को
और अपने जल्वे अंजुमन-आरा[5] करेंगे हम
ये दिल से कहके आहों के झोंके निकल गए
उनको थपक-थपकके सुलाया करेंगे हम

1. प्रेम-दृष्टि 2. बदनाम 3. इच्छा के लिए व्याकुल 4. एकान्तवास 5. सभा में प्रदर्शित

दिल को होना था जुस्तजू में ख़राब
पास थी वरना मंज़िले-मक़सूद[1]
तेरी रुसवाई[2] का है डर वरना
दिल के जज़्बात तो नहीं महदूद[3]
दिले नाकाम थकके बैठ गया
जब नज़र आई मंज़िले-मक़सूद

1. इच्छित लक्ष्य 2. बदनामी 3. सीमित

• ज़ौक़

फंसे न हल्क़ा - ए - गेसूए - ताबदार[1] में दिल
बला से गर हो निवाला दहाने-मार[2] में दिल
ख़ुदा बचाए मुझे इस बग़ल के दुश्मन से
कि मेरा दुश्मने-जां है मिरे किनार[3] में दिल
अगर न जब्र करूं इख़्तियार ऐ नासेह
तो क्या करूं कि नहीं मेरे इख़्तियार में दिल
उठा तो लाए मुझे मेरे हमनशों[4] ऐ 'ज़ौक़'
रहेगा मेरे इवज़ मेरा कूए-यार में दिल

1. घुंघराले बालों के छल्ले 2. सांप का मुंह 3. बगल 4. दोस्त

बरंगे-गुल[1] सबा[2] से कब खिला दिलगीर दिल मेरा
कि है बाग़े-जहां में गुंचाए-तस्वीर दिल मेरा
संभाले रख ज़रा ऐ आस्मां देख अपने दामन को
ज़मीं पर खींचता है नाला-ए-शबगीर[3] दिल मेरा
बुतो गर हुस्न की दौलत से तुम हो बन गए पारस
हुआ है कीमिया-ए-इश्क़[4] से अक्सीर[5] दिल मेरा
कभी मिन्नत की ज़ंजीर उनको पहने उसने देखा था
है अब तक पहने तारे-अश्क़[6] की ज़ंजीर दिल मेरा
बुतों का इश्क़ है गर 'ज़ौक़' तो सारी ख़ुदाई में
करेगा शहर शहर इक दिन मुझे तशहीर[7] दिल मेरा

---

1. फूल की तरह 2. सुबह की हवा 3. रातों का रोना 4. प्रेमरसायन 5. तांबे से सोना बनानेवाली मिट्टी 6. आंसू का तार 7. प्रसिद्ध

• फ़ानी बदायूनी

नावके-नाज़[1] तेरा कोई ख़ता करता है
उड़ गया इक इशारे में निशाना दिल का
हसरतें जिनके निकलने की नहीं कुछ उमीद
ढूंढती फिरती हैं सीने में ठिकाना दिल का
हाय, वो धुन तुझे मश्क़े-सितमे-बेजा[2] की
हाय वो रोज़ नये ज़ुल्म उठाना दिल का
हाय वो जोशे-जुनूं, हाय वो वहशत 'फ़ानी'
याद आता है हमें कोई ज़माना दिल का

1. निगाह का तीर 2. अनुचित अत्याचार का अभ्यास

काबे को दिल की ज़ियारत[1] के लिए जाता हूं मैं
आस्ताना[2] है हरम[3] मेरे सनमख़ाने[4] का
वहदते-हुस्न[5] के जल्वों की ये कसरत[6] ऐ इश्क़
दिल के हर ज़र्रे में आलम है परीख़ाने का
चश्मे-साक़ी असरे - मय[7] से नहीं है गुलरंग
दिल मिरे ख़ून से लबरेज़ है पैमाने का
किसकी आंखें दमे - आख़ीर मुझे याद आती हैं
दिल मुरक़्क़अ[8] है छलकते हुए पैमाने का

1. दर्शन 2. चौखट 3. काबा 4. मन्दिर 5. एक सौंदर्य 6. अधिकता 7. मदिरा का प्रभाव 8. चित्र

• 'अकबर' इलाहाबादी

शेख अगर काबे में ख़ुश है बिरहमन बुतख़ाने में
अपने-अपने तौर पर हर शख़्स बहलाता है दिल
क़स्द करता हूं जो उठने का तो फ़रमाते हैं वो
और बैठो दो घड़ी साहब कि घबराता है दिल
ये नहीं कहते यहीं रह जाओ अब तुम रात को
बस इन्हीं बातों से 'अकबर' मेरा जल जाता है दिल

न हासिल हुआ सब्रो - आराम[1] दिल का
न निकला कभी तुमसे कुछ काम दिल का
मुहब्बत का नश्शा रहे क्यों न हरदम
भरा है मए - इश्क़[2] से जाम दिल का
ये बांकी अदाएं, ये तिरछी निगाहें
यही ले जायेंगी सब्रो - आराम दिल का
धुआं पहले उठता था आग़ाज़[3] था वो
हुआ ख़ाक अब, ये है अंजाम[4] दिल का
दिल उस बेवफ़ा को जो देते हो 'अकबर'
तो कुछ सोच लो पहले अंजाम दिल का

1. सुख-चैन 2. प्रेम-मदिरा 3. आरम्भ 4. अंत

• मजरूह सुल्तानपुरी

लिये बैठा है दिल इक अज़्मे-बेबाकाना[1] बरसों से
कि इसकी राह में है काबो - बुतख़ाना बरसों से
दिले-सादा न समझा मासिवा - ए - पाकदामानी[2]
निगाहे - यार कहती है कोई अफ़साना बरसों से
गुरेज़ां[3] तो नहीं तुझसे मगर तेरे सिवा ऐ दिल
कई ग़म और भी हैं ऐ ग़मे-जानाना[4] बरसों से

◊◊◊

1. उद्दण्ड संकल्प 2. पवित्रता के अतिरिक्त 3. उदासीन 4. प्रेयसी के ग़म